日本俳句精选

〔日〕松尾芭蕉　小林一茶等　著

林林　译

长江出版传媒　长江文艺出版社

图书在版编目（CIP）数据

日本俳句精选 /（日）松尾芭蕉等著 ；林林译. --
武汉 ：长江文艺出版社，2022.4（2023.8 重印）
（名家诗歌典藏）
ISBN 978-7-5702-2444-9

Ⅰ. ①日… Ⅱ. ①松… ②林… Ⅲ. ①俳句—作品集
—日本 Ⅳ. ①I313.2

中国版本图书馆 CIP 数据核字（2021）第 221345 号

日本俳句精选
RIBEN PAIJU JINGXUAN

责任编辑：孙 琳　　　　　　　　　责任校对：毛季慧
封面设计：颜森设计　　　　　　　　责任印制：邱 莉　 胡丽平

出版：长江出版传媒　 长江文艺出版社
地址：武汉市雄楚大街 268 号　　　　邮编：430070
发行：长江文艺出版社
http://www.cjlap.com
印刷：湖北恒泰印务有限公司

开本：880 毫米×1230 毫米　　 1/32　　 印张：7　　　插页：8 页
版次：2022 年 4 月第 1 版　　　　 2023 年 8 月第 2 次印刷
行数：5367 行

定价：38.00 元

| 目 录 |

松尾芭蕉

松　尾　芭　蕉

新　年

1

莫疑问，
潮头花，
亦是滨海春。

2 岁旦

正是年初一，
想起暮秋寂寞日。

3

一年又一年，
叫猴戴假面。

注：耍猴的，带猴子在肩膀上，挨家逐户打鼓叫猴子跳舞，以求得一点小钱。它和《燕京岁时记》记载的一样，都在新年。此句也有以猴子比喻人的意思。

春

1 和歌浦

春将归去，
追它到和歌浦。

2

春将归，
鸟啼鱼落泪。

注：汉诗词常写鱼的自得其乐，宋吴文英《高阳台》却写道："飞红若到西湖底，搅翠澜，总是愁鱼"，适意新颖。芭蕉的鱼落泪，确是不同凡响的佳句。

3 望湖水惜春

我与近江人，
同惜春归去。

注：近江，今滋贺县境内，琵琶湖在这地区。

4 往奈良路上

春日已来矣，
此山何名未得知，
薄霭透明媚。

5 湖水眺望

唐崎松比花朦胧。

注：唐崎，又写作辛崎，在滋贺县大津市琵琶湖的西南岸。在春夜的湖畔，眺望唐崎的松树，为月光映照，浮泛墨绘的景色，看来比那边的樱花更饶朦胧美。

6

春雨霏霏芳草径，
飞蓬正茂盛。

注：这句描写春雨，芥川龙之介很赏识它的原句。

7

屋顶漏春雨，
顺着蜂巢点点滴。

注：屋顶是稻草铺的，芭蕉庵的春雨漏滴声，如在读者心中响着。

8 闲居二月堂

汲水去，
寒僧鞋底声。

注：奈良东大寺二月堂，二月间有深夜僧众到堂旁若狭井汲水的仪式。僧人穿白衣，举松明，景象十分严肃。

9

猫儿叫春停歇时，
闺中望见朦胧月。

注："猫恋"是俳谐最初季语化的素材。贞门、谈林两派较多吟咏。

10

黄鹂声声啭，
听来刚在翠柳后，
又在竹林前。

11

云雀原野鸣，
自由自在一心轻。

12 脐峤

小憩于参天峰顶，
云雀在下飞鸣。

注：脐峤今为细峤（奈良县吉野郡吉野町），位于樱井到吉野途中。峤是山巅之意。

13 楠边

群燕低飞，
碎泥落酒杯。

注：楠边为朝熊山西麓村落。

14

古池塘呀，
青蛙跳入水声响。

注：这是芭蕉的名作，表示深得清寂幽玄的意境。

15 拜庄周尊像

蝴蝶哟，蝴蝶，

请问何为唐土俳谐。

注：取庄周梦蝴蝶典故，俳谐含有寓言的意思。

16

你哟蝴蝶，

我哟庄子，

梦之心。

注：据一六九〇年四月十日书简，芭蕉与怒谁谈论自然之道，十分默契，写此赠句。怒谁和芭蕉都是《庄子》的热心读者，此句有齐物论的哲学。

17

无香杂草里，

好奇蝴蝶不离去。

注：这是作者背离世俗的自喻句。

18 梅林

白梅开正好，

白鹤昨天可被盗?

注：梅林乃京都富豪谈林派俳人三井秋风的别墅。梅鹤风
雅，出自林和靖的典故。只见梅不见鹤，以为是被盗了，真煞
风景。

19

莫忘记，

梅开在草丛里。

注：这是赠别句，在草丛里的梅花，喻芭蕉自己。

20

梅枝作牛鞭，

村童哟，请莫折尽。

注：写村野的情趣。唐朝李群玉咏梅句有"已被儿童苦攀
折，更遭风雨损馨香"。

21

水鸟嘴，

沾有梅瓣白。

注：郭沫若以为此作比白居易《春至》诗句"白片落梅浮
涧水"更形象化。

22 一有之妻

暖帘之内，

可爱北堂梅。

注：北堂梅花指一有之妻女俳人斯波园女。园女乃伊势山
田秦师贞之女，嫁与同地医师斯波一有为妻，是蕉风门人。

23

无人探春来，

镜里梅自开。

注：镜是古时铜镜。背面铸有梅花，用返照的句法，芭蕉
以此自喻。

24 缓步

一路数着来，
府邸、府邸之梅柳。

25

梅花山路飘香，
朝阳猛然出现。

26

白雪下，
独活呀，
冒出浅紫芽。

注：独活即土当归。此句写白紫对照，新生命的出现。

27

桃花丛中见早樱。

28 山家

鹳巢高，
山风外樱花闹。

注：鹳形似鹤，巢筑在高树上。似拟山家主人的口气，讲环境的优越。

29 赏花

树下鱼肉丝、菜汤上，
飘落樱花瓣。

注：记与伊贺人们一起赏樱。历来写樱花很多，这里有鱼肉丝、菜汤的生活气息，显示出平民性。

30

京都看花天，
群集九万九千。

31 忧方知酒圣，贫始觉钱神

对花忧人间，
我酒浊饭淡。

注：题是白居易《江南谪居十韵》的诗句。

32 三月二十日即兴

山麓花盛开，

七天鹤常在。

注：比睿山麓，花开春色美好，白鹤在那周内也飞来玩赏。

33 草庵

花云缥缈，

钟声来自上野，

还是浅草？

注：花云指樱花如轻云。该庵在江户郊外，可以听到上野
或浅草的钟声。

34

春月夜，

暂且逗留花蕊上。

注：花即樱花，这是描绘月和花的静美。

35 洒落堂记

四方飘下花雪来，
尽归鹮鹨海。

注：四方即琵琶湖四周，指唐崎、比睿、比良、三上诸山。
鹮鹨是一种水鸟，俗称水葫芦，琵琶湖又称鹮鹨海。这是写从洒
落堂（主人是滨田珍夕医师）眺望琵琶湖的春日风光。

36

年年樱瓣飞，
花屑化作肥。

注：这是落红化作春泥的意思。

37 伏见西岸寺遇任口上人

请将伏见桃花露，
滴落我衣襟。

注：伏见为京都市南区一部，一五九四年丰臣秀吉在桃山
筑伏见城，该城为桃名所。任口上人在西岸寺任职，芭蕉尊重
这位老前辈。

38 太和行脚时

投宿已疲乏，
忽又见藤花。

注：藤花在暮霭中有凋谢状，看了更感困倦。

39 西河

棣棠落花簌簌，
可是激湍潦潦？

注：写和歌山县吉野川岸畔的景致。原文有双声的句法。

40 行吟

菜花开满园，
麻雀赏花颜。

41 坐在茶店午休

桶内插杜鹃，
阴凉里，
女佣撕裂鳕鱼干。

注：写客栈女佣撕鳕雪，准备客饭，可看出俳谐的生活化、

通俗化。

42 越过山道，去大津路上

山路费攀登，
竟有可爱紫地丁。

43

细看墙根下，
居然开荠花。
注：白居易诗句有"惆怅去年墙下地，今春唯有荠花开"。
情景相似。

44

啮到紫菜砂，
感叹老衰牙。

夏

1 嵯峨

六月岚山云遮峰。

注：六月炎暑，岚山满山苍翠，夏云遮掩山峰。岚山在京都市西部嵯峨地区，在大堰川右岸，自平安朝以来，为红叶与樱花的名所。

2 元禄七年六月二十一日于大津木节家

秋近心相连，
四席半。

注：元禄七年即一六九四年，芭蕉与各务支考、广濑惟然聚会于望月木节家，在四席半小房间，设有俳谐席。

3 致露沾公

黄梅雨里，
看鹧鸪浮巢去。

注：露沾公乃磐城内藤义英，江户俳坛的后援人。

4

湖景遮掩梅雨中，
濑田桥横。
注：这像一幅浮世绘名家广重的画。濑田桥为日本三大桥
之一。

5

梅雨落剩一光堂。
注：光堂即金色堂。一一八五年为藤原洁衡所建，作为自
己死后的坟墓。据记载，佛殿内外，施贴金箔，镂嵌螺钿，极
尽庄严豪华之美。此句指几百年来年年落梅雨，于今光堂仍辉
煌地存在着。

6

梅雨声不断，
耳朵也发酸。
注：酸和梅是相关语。这是芭蕉二十三岁时的吟句。

7

梅雨收集遍，
奔流最上川。

注：最上川在山形县境内，为日本三大急流之一。

8 在小仓山常寂寺

赞美松杉，
薰风声喧。

注：小仓山在嵯峨里面，松杉翠绿，薰风南来，好似赞美
它们一样。

9 野明家

嵯峨竹，
清凉入画图。

注：野明即奥西善六，居嵯峨，称坂井作大夫。

10 明石夜泊

夏月夜，
章鱼壶中虚幻梦。

注：明石在兵库县南部，面临播磨滩，那里有陶壶捕章鱼的办法。这是写章鱼已经被捕了，还在做梦。

11

螃蟹小又细，
爬上我双足，
泉水多清冽。

12 画赞

马蹄迟迟夏野行，
看我身在画图中。

13

鸬鹚船，
兴致舒畅，
黯然转神伤。

注：芭蕉在岐阜长良川即景句。捕取鲇鱼的鸬鹚船，先是点燃熊熊的篝火，顺流而下，篝火渐渐消灭，船在黑暗中归去。作者以"欢乐尽而情深"的心理写出。

14

几道云峰解散，

新月耀辉东土。

注：《奥州小道》记月山、羽黑山和汤殿山为出羽三山的高

峰，句将月山拆开描写。

15 佐夜中山

命也如是，

只有草笠下，

稍得些凉意。

注：佐夜中山，今静冈县小笠、榛原二郡之间险峻的山道。

当越此山时，一路不见树荫，炎热焦灼，故发此感慨。

16 竹

种竹日，

不下雨，

也要蓑和笠。

注：种竹日来自中国"竹醉日"即五月十三日，该日种竹

易活。因是梅雨时节，故要蓑和笠。

17 奈良别旧友

鹿角首节先分枝。

注：旧友指从伊贺故乡来的猿虽、卓袋诸人。最初的鹿角分枝，表示不得不离的意思。这是酬唱之作。

18

杜鹃飞去已无声，
那里只余孤岛景。

注：据纪行《书箱小文》，从铁拐山向海上瞭望的岛，即淡路岛。该岛在神户西部须磨海岸附近。

19

时鸟声横江水上。

注："横江"据说来自《前赤壁赋》的"白露横江，水光接天"，和《后赤壁赋》的"适有孤鹤，横江东来"。

20

笋竹丛中莺声老。

注：芭蕉自比老莺，看新生笋竹，便感叹起老来。

21

静寂呀，
蝉声渗入岩石。
注：此句可与王藉诗"蝉噪林愈静，鸟鸣山更幽"比，作此是因蝉噪、鸟鸣才显得环境更幽静。

22 无常迅速

知了在叫，
不知死期快到。
注：有庄子《逍遥游》"蟪蛄不知春秋"句意。

23

萤火虫，
刚落下草丛，
就从草丛飞升。
注：这是抓住两个动作的瞬间，微妙地表示萤火虫的形态。

24

蚤虱横行，

枕畔又闻马尿声。

注：《奥州小道》的旅行，记在山区中寄宿农家，人马同室的情景。

25

新叶滴翠，
摘来拂拭尊师泪。

注：这是到奈良唐招提寺，拜谒盲圣鉴真像之句。

26 访日光山

好辉煌，
浓淡绿叶映日光。

注：一六八九年四月一日，参谒日光东照宫时所作。

27

须磨寺，
树荫暗处，
听此不吹笛。

注：须磨寺在神户市须磨区，即上野山福祥寺。该寺有名贵文物——平敦盛的青叶笛。源平在一谷会战时，平敦盛腰间挂着心爱的笛子。这是芭蕉的幻想句，想象听到昔日的笛声。

名 家 诗 歌 典 藏

28 入骏河国

骏河路上，
花橘发茶香。

注：骏河路，在静冈地区，这条路上，到处白橘花盛开。
这里又是制茶的地方。橘花香中也有茶香。

29 在大阪

杜若作话题，
也是一种旅中趣。

注：杜若，生在水边，初夏开紫花，又名燕子花。这是旅
中与门徒小杉一笑交谈的即兴句。

30

菖蒲结作草鞋带，
绑在行脚上。

注：端午节挂菖蒲在檐下避邪，现在绑在脚上，为旅行
吉利。

31

蝴蝶为白罂粟花，
撕下翅膀作纪念。

注：写他与弟子杜国惜别的强烈感情。蝴蝶比自己，白罂
粟比杜国。

32

不为世人注意，
檐下栗花枝。

33

象潟合欢，
恰似雨中西施。

注：象潟，今秋田县由利郡象潟汀海滨；雨中合欢花，像
颦眉泪湿的西施。

34 在去来别墅

朝露湿瓜泥，
黑污而冷冽。

注：向井去来乃蕉门十哲之一。芭蕉在夏天早晨，步入瓜田地，看到露水和泥土的即景句。

35

虽是夏天来，
石苇依然只一叶。

注：石苇是生于山野的羊齿类，只长强韧的一片长叶，寒冬不枯萎。这含有孤高之意。

36 清泷眺望

松叶青青，
散落清泷波心。

注：清泷即清泷川，在京都郊外梅尾高山寺前流入大堰川，流狭水清。落在波心的，是被薰风刮下的青松叶，并非落叶。

37 在奥州高馆

长夏草木深，
武士当年梦痕。

注：高馆是为源义经建筑的城楼。武士指为源义经而战的家臣。

秋

1 鸣海眺望

初秋时节，
碧海青田一色。

注：鸣海，今名古屋市绿巴鸣海町，附近海岸称为鸣海湾。

2

牛棚残暑蚊声暗。

注：牛棚暗，听蚊声也暗。这与"鸭声白"同是"通感"句法。

3

此身或将曝荒原，
风吹入骨寒。

注：一六八四年秋，从江户出发长途旅行，此是《野曝纪行》的首句。

4

寒鸦宿枯枝，

深秋日暮时。

注：拟汉诗句题材，有古典情趣。使人忆起马致远《天净沙》"枯藤老树昏鸦"句。

5 所思

秋日黄昏，

此路无行人。

注：与寒山"寒岩深更好，无人行此道"，耿沣"古道无人行，秋风动禾黍"句，不无关联。

6 忆老杜

西风拂须时，

感叹秋深者谁子？

注：原文老杜即杜甫。此作与杜甫《白帝城最高楼》"杖藜叹世者谁子"句法相似。

7 惜秋

松风绕屋吹，
秋将归。

8

蚌壳蚌肉苦分离，
秋将归去时。

注：蚌是二见浦的名产。二见发音与壳身同，有双关意，写出在伊势二见浦辞别亲人的苦痛。这是《奥州小道》里最后的俳句。

9

晚秋景寂然，
赖有青橘装点。

注：晚秋景象萧瑟，幸有青橘金黄色缀景。

10

大海波翻，
银河横挂佐渡天。

注：佐渡，地名，新潟县西的一个岛，宗教家日莲上人，文艺家藤原为兼、世阿弥等曾被流放此地。句意与杜甫的"渭水银河清，横天流不息"不无联系。

11 寄李下

闪电在手，
黑暗中当烛光。
注：李下为芭蕉门人，正在探索俳谐新境界，芭蕉以此句赞他。

12

闪电明，
暗处苍鸭声。
注：苍鸭（鹭之一种）夜间一边飞一边叫，声难听，翅膀发光。这是与闪电照应，也带怪异味。

13

听得猿声悲，
秋风又传弃儿啼，
谁个最惨凄？
注：《野曝纪行》旅中经富士川畔时，听到三岁弃儿悲惨的

哭声，便联想唐诗的猿啼，因而作此对比的提问。

14

秋风萧森，

宛似义朝心。

注：源义朝，平安末期的武将。后战败落魄美浓路，在尾
张为家臣所杀。

15 不破关

不破关口秋风，

吹过田原草丛。

注：不破关乃古歌吟咏的名所，它在岐阜县不破郡关原町。
奈良时代与铃鹿、爱发，称为三关。平安时代被废，成为古关。
句写它颓残的遗迹。

16

坟墓也震动，

我的哭声似秋风。

注：芭蕉哭的是门下小杉一笑，在芭蕉到金泽前一年死去，
终年三十六岁。句写出强烈的感情。

17 途中吟

彤彤夕照虽无情，
凉爽又秋风。

注：入金泽途中吟句。说炎夏必将过去，秋凉随着到来。

18 诣那谷观音

比起石山石，
秋风色更白。

注：石山指小松市那谷町那谷寺的山岩，比近江石山寺的石更白，对萧瑟的秋风，也有白色感觉的联想。注释者引用中国古有春青、夏赤、秋白、冬黑的说法。

19

秋月明，
一夜绕池行。

注：月是中秋的月，池是芭蕉庵旁的池。

20 古寺玩月

明月照座间，

不见美容颜。

注：谣曲《三井寺》有住僧与寺童（留发穿好看衣服的美少年）赏月的场面。此句写从幻想到现实的景象。

21 移植芭蕉词

新庵明月，
照见柱悬芭蕉叶。

注：一六九二年五月，门人在深川旧居附近新建芭蕉庵。八月移植芭蕉到新居院子，在柱子上悬挂蕉叶是为赏月助兴。

22 深川

月明如昼，
门前涌入潮头。

注：芭蕉庵靠近隅田川的河口，满潮时，月光映照潮头。虽写实景，也感到一种生命力。

23 玉江

赏月哟
玉江芦苇割掉前。

注：玉江芦苇在古歌中有名。玉江，今福井市足羽郡麻生津的江川。割苇前可欣赏月色如水，苇穗摇曳的景色。

24

月亮是老相识，
请来这儿住宿。

注：谣曲《鞍马天狗》有"花儿当向导，请到这儿来!"
句，一六六四年芭蕉二十岁时，据此改作。

25

迷蒙马背眠，
月随残梦天边远，
淡淡起茶烟。

注：写天未明出发的情景。有杜牧《早行》残梦的意境。
又想起苏轼的"马上续残梦，不知朝日升"诗句。

26

月儿移行急，
枝梢掩留雨滴。

注：雨夜还有月亮，乌云移动快，显得月亮也步伐匆忙。

27

茅店月，
欲往自身绘泥金。
注：旅宿山中，看月亮的美，想象是在月上绘泥金画。

28 善光寺

明月只一轮，
普照四宗四门。
注：普光寺乃长野市元善町的名刹。四宗指显、密、禅、
戒；又说是天台、真言、禅、律。四门指发心、修行、菩提、
涅槃。此外还有别的解释。

29

吊钟沉海底，
明月何处去？
注：中秋夜在敦贺（今福井县敦贺市），未见明月，想是传
说所云，月亮寻找沉钟去了。

30

秋月明，
鹤胫亭亭，
远立海滩浜。

31

果虫做夜偷，
钻进月下栗里头。
注：《和汉朗咏集》傅温有"夜雨偷穿石山苔"句，芭蕉也用"偷"字。

32 画赞

西行上人，
草鞋亦沾松露。
注：西行（1118—1190）是身穿袈裟、云游四方的歌人，著有《山家集》。

33 过箱根关所时遇雨山云迷漫

蒙蒙烟雨，

不见富士山姿。

另有情趣。

34

手上捧秋霜，

因落热泪而消融。

注：一六八四年秋，芭蕉回故乡，拜见亡母的遗发，不禁
热泪滚落。他把白发比作秋霜，故会因热泪而融化。写出对亡
母的敬爱深情。

35 七夕

星之光，

厌照合欢树叶间。

注：七夕牛郎织女双星难得相逢，无心俯视合欢花树荫。

36

七夕雨中天，

心恨不得重相见。

注：心指牛郎和织女的心。

37

亲人皆白发，
扶杖扫坟去。

注：一六九四年，得兄（松尾半左卫门）信，还回故乡，
参加盂兰盆会，与亲戚老辈一起扫坟去。

38

旅宿竹林中，
棉弓听作琵琶声，
慰我寂寞情。

39

武藏野，
鹿鸣一寸声。

注：武藏野广大，鹿儿矮小，声只一寸长。谈林派寓言性
的手法。

40

鹿鸣夜里尾声悲。

注：芭蕉旅宿奈良，月明之夜，听到鹿哀切的叫声，写出宁静寂寥的心情。

41 在坚田

离群病雁，
落足旅途夜里寒。

注：坚田在滋贺县内，琵琶湖西岸。芭蕉于一六九〇年九月十三日至二十五日停留过。近江十景中，有"坚田落雁"一景。但写病雁是他在坚田患病时所作，有自喻之意。

42

桐树高挺，
墙内鹌鹑鸣。

43

避过锐眼鹰，
夕暮鹌鹑草上鸣。

44

禾花雀，

逃入茶园好快活。

45

好凄清，
往昔金盔下，
今闻蟋蟀声。

注：芭蕉参拜多田八幡宫（今石川县小松市上本折町），看到名将斋藤实盛的金盔，有感作此。《平家物语》写实盛随平维盛攻打源义仲时，年过古稀，将白发染黑，临阵奋战而死。

46

渔民家，
灶马混小虾。

注：灶马，又名灶鸡，夜间多集在灶头。它脚长须长，背驼起，形似小虾，也混着跳跃。这是描写渔家实景。

47

小虫漂流一叶舟，
何时靠岸头。

48 山中十景：高濑渔火

渔火下，
杜父鱼，
在波间抽泣。

49

萩花满原野，
山狗来过夜。

注：萩原作野猪卧床，《徒然草》和歌有此吟咏。以为因萩
花幽美，凶恶的山狗会变得和顺些。

50

竟与妓女同宿一家里，
秋月映照胡枝子。

注：芭蕉在市振（新潟县西颈城郡青梅町）旅宿时，邻屋
恰住着可怜的妓女。以秋月比自己，胡枝子比妓女。

51

浪里小贝壳，

夹杂萩花屑。

注：这是写种滨的景色，萩俗称胡枝子，秋天开红或紫的小花。

52

山中不采菊，

温泉有香气。

注：山中温泉，今石川县江沼郡山中町的温泉。传说山路的菊，是延年益寿的灵药，温泉虽无菊花放入，也有香气，在那里沐浴仍有功效。

53

茅舍日将暮，

赠来菊花酒。

注：因到重阳佳节，门人乙州体念老师的心境，捧上一樽菊花酒。

54 草庵雨

雨水淹没后，

菊枝轻轻挺立。

注：秋雨连天，草庵积水，写菊花倒而复起的韧力。

55

菊后无他物，
唯有大萝卜。

注：元稹诗："秋丛绕菊似陶家，遍绕篱边日渐斜。不是花中偏爱菊，此花开后更无花。"古来日本和歌多咏菊，俳谐有平民性，在菊后提出萝卜来。

56 在八町堀

石屋石缝间，
秋菊花自鲜。

注：八町堀，今东京都中央区。那里便于用船运送石材，故多石屋。石屋的院子放置石料，不料在石缝里开出菊花，引人注目，而起感兴。

57 题野菊图

野菊开花，
忘却天竹炎夏。

58 眼前

路旁木槿花，
马儿一口吃掉它。

注：木槿从夏到秋开白、紫的花。陶渊明有"晨耀其华，夕已丧之"，白居易有"槿花一日自为荣"，李义山有"可怜荣落在朝昏"句，表示此花生命的短暂。

59

秋兰芬芳，
熏香蝴蝶翅膀。

60 守荣院

步入山门，
凤尾松边，
兰花吐芳馨。

61

秋海棠，
花开西瓜色。

注：记初秋的凉爽感。秋海棠、西瓜先后从中国传入长崎。据云在此句之前，日本无人咏过秋海棠。

62 茅舍有感

风摇芭蕉叶，
听雨落盆夜。

注：一六八一年作。茅舍即草庵，就是深川的芭蕉庵。

63

鸡冠花，
雁来时节，
还是红烨烨。

注：鸡冠花是雁来红的异名。古典名作《枕草子》也曾提到。《本草纲目》："雁来红茎叶穗子并与鸡冠同。"

64 访闲居入茅舍

庭种常青藤，
四五竿竹枝风。

注：闲居人指伊势俳人卢牧。有竹是风雅的。苏东坡说："无竹令人俗。"

65 秋杂

江户客居已十霜，
便指是故乡。

注：贾岛《渡桑乾》有"客舍并州已十霜……却指并州是
故乡"句，芭蕉用相似的手法。

66 田家

鹤来稻田收割后，
乡村之秋。

67

寂寥胜似须磨浦，
种浜之秋。

注：须磨在神户西面的南海岸。《源氏物语》有写源公子被
谪到须磨寂寞的情景。种浜在敦贺湾的西北海岸。

68 旅怀

今秋为何添霜鬓，
飞鸟入浮云。

冬

1

鱼店里，
咸家鲫，
露出寒白齿。

注：吃咸鱼干多在冬天，故感到寒意。

2

鸟羽沼田上，
雨冷雁声喧。

注：鸟羽在京都之南，该处是雁的名所。

3

岁暮未能歇，
仍须戴笠穿草鞋。

注：《野曝纪行》记旅人初期的实感岁暮吟。

4

岁暮归故里，
凝视脐带泣。
注：当时他的故乡有保存脐带的风俗。看到自己的脐带，
想起死去的母亲而落泪。

5

初寒降雨，
猿也想小蓑衣。
注：一六八九年九月末，伊势、伊贺间的途中吟，为《猿
蓑》卷头句。

6

何处落时雨，
僧人提伞归。
注：时雨即初冬之雨。

7

旅宿不堪夜雨情，

犹闻狗叫声。

8

贫山釜，
霜中响声寒。

注：贫山即贫寺之意。典出《山海经》的"丰山之钟，霜
降而鸣"。把钟换为釜。

9

遗弃儿，
霜为衣，
风为被。

注：写于三十四岁，谈林派寓言性的吟句。

10

夜来衣着重，
想见吴天雪。

注："吴天雪"见《诗人玉屑》宋僧可士诗句"笠重吴天
雪"。

11 深川雪夜

独酌更难眠，
夜来风雪天。

12

今朝雪纷纷，
许是有人过箱根。

注：箱根有险阻山路，旅人为雪所苦。芭蕉曾经走过箱根
那条路。

13 在山中与儿童玩耍

初雪地里，
玩耍兔皮须。

注：写芭蕉在故乡时的童心。兔皮须是一种玩具。

14

拿起笤帚
要扫院子雪，
忘却扫雪。

注：这是写自己画寒山扫雪的句。画他拿着笤帚向后斜看的姿势。表现禅宗忘我的境界。

15

比良三上两山雪，
架起白鹭桥。

注：比良山在琵琶湖西，三上山在琵琶湖东南，银雪盖顶，白鹭空中架成一条桥，可能是从鹊桥联想来的。

16 二度建置芭蕉庵

耳听落雪珠，
此身本是古柏树。

17

夜闻琵琶行，
拨弦恰似雪珠声。

注：《琵琶行》有"大弦嘈嘈如急雨"句，雪珠与急雨声相近。

18

啜粥听琵琶，

犹如粒雪敲檐声。

注：粥是加入碎切野菜的粥，日本叫"杂炊"。

19 深川冬夜有感

舟橹打浪声，

冰凝愁肠寒夜泪。

注：深川是在东京都江东区的芭蕉庵地名。

20 茅舍买水

偃鼠喉润冰苦水。

注：买水，指深川虽近隅田川，但缺饮用水，必须买用水船运来的水。偃鼠见《庄子·逍遥游》："鹪鹩巢于深林，不过一枝；偃鼠饮河，不过满腹。"芭蕉以偃鼠自喻，这表示寡欲清贫的生活。

21 野马四吟

金屏画古松，

蛰居过冬。

注：野马即志田野坡的号，《炭包》的作者。四吟是四人的
联句。

22

开炉时，

瓦匠渐老鬓霜白。

注：炉子是家用取暖的，每年一修。今年忽觉瓦匠见老了。

23

乘此扫除日。

木工修理自家棚。

注：江户时代定十二月三日为迎新年的大扫除日。

24

不知鱼鸟心，

乐我忘年吟。

注：在深川素堂家会岚兰、支考作忘年吟。《方丈记》有名
句"鱼不厌水，若非鱼，不知鱼心；鸟喜投林，若非鸟，不知
鸟心"。

25 海边日暮

海边暮霭色，
野鸭声微白。

注：视觉与听觉相通，称为"通感"。李世熊《寒支初集》
卷一《剑浦陆次发林守一》诗句："月凉梦破鸡声白，枫霁烟醒
鸟话红。"一个用"鸭声白"，一个用"鸡声白"，真是偶合。
原句是破调句，改五、七、五为五、五、七。

26 在大津

三尺山，
山风吹落木。

注：大津，今滋贺县大津市。句记山低落叶多。

27

春米糠，
飞洒臼旁寒菊瓣。

注：这是写农家的冬景。寒菊，又名冬菊、霜菊，据记载
是四国九州野生植物，可栽在庭院，冬天开黄白的小花。

28 冬杂

冬天院子里，
虫吟纤月细如丝。

29 布袋僧画赞

求施舍，
袋里之花和月。

注：布袋和尚（？—917）是中国后梁时代的禅僧，名契此、长汀子。大肚皮，以杖挑一布袋化缘。袋里的月和花，是作者当作诗囊的想象。

30 病中吟

旅中正卧病，
梦绕荒野行。

注：芭蕉五十一岁，死于旅途中的大阪，临终前，还"切望于风雅"，留下这最后的名句。

名家诗歌典藏

与谢芜村

与谢芜村

春

1

狐狸变作公子身，
灯夜乐游春。
注：这是怪异俳句。

2

春日黄昏时，
尽是远别归家人。
注：诗人萩原朔太郎说芜村是个乡愁诗人。他写了不少怀乡佳句。

3 暮春

春将归去，
樱花逡巡而开迟。
注：原作"逡巡"用汉语。

4

春将终，
天花神，
向横河塔攀登。

注：江户时代，天花流行，母亲们为心爱的儿女担忧。横河塔为比睿山三塔之一。

5

春将归去，
与汝同车，
低声细语。

注：汝是女性，典出《史记·孔子世家》卫灵公与夫人同车。

6 春夜闻琴

潇湘雁落泪，
朦胧月色微。

注：题意出自钱起《归雁》诗："潇湘何事等闲回，水碧沙明两岸苔。二十五弦弹夜月，不胜清怨却飞来。"

7

蓴菜浮池面，
春雨点点。

8

春雨细细落，
润湿沙滩小贝壳。

9

春夜雨蒙蒙，
泷口所中，
连呼快点灯。
注：泷口在清凉殿东北，是宫中护卫武士值班所在，这表
示发生了什么事故的不安感。

10

春雨里，
步行作恳谈，
蓑与伞。

注：蓑指农夫，伞指城市女人，二种身份，竟在春雨中边走边谈，饶有俳画情趣。

11

高丽船，
不靠岸，
驶向彩霞天。

12

指南车入胡地，
霞霭里，
渐远去。
注：指南车，中国古代指示方向的车，随后有长驱的大军。《宋史·舆服志》有记载。这句富有异国情调。

13

春水流荡大平原。
注：此句境界宽阔，气势雄伟。

14

春之海，

整天荡去漂来。

注：表示翻覆单调的意思，这名句有淡远味。

15

年假省亲梦，

就在小豆炊煮中。

注：此作有《邯郸梦》的味道。

16

雉鸟声声啼，

武藏野原深草地。

想见八平氏。

注：武藏八平氏，乃武威赫赫的豪族，也不过是一场繁华梦。这和芭蕉的俳句："长夏草木深，武士当年梦痕"有一样的感慨。

17

归来雁，
映田春月朦胧夜。

18

若是细细听，
桶里田螺有叫声。

19

蝴蝶翩翩，
栖息伏兵盔帘上。

注：蝴蝶飞来，在春野草丛的伏兵头盔上停留。伏兵即伊势平家武士，典出《平家物语》。盔帘日语作"锶"字，即头盔遮住脖子左右和后面的部分。

20

黄蝶停息于吊钟，
安然进入梦中。

21

泊船买盐鱼，
梅开满江堤。

22 初春

白梅正初开，
破晓只为看花来。

注：抒写晚年沉浸美的境界和平静清闲的心情，正如许有壬《寻梅》诗所云："何以慰我衷？梅花秀发时。"这是芜村临终前所吟三句的最后一句。

23

远近梅花灿烂，
我往北又往南。

24

鸿胪馆，
白梅翰墨香。

注：写在鸿胪馆与唐使吟诗作文的交欢。

25

富士山风飘，
十三州里柳枝摇。

注：十三州指望得见富士山的十三个州。

26 题花

嵯峨灯光消失时，
犹闻香花气。

27 花下联句惜春

宗祇、宗鉴，
捻动须上落花瓣。

注：宗祇是连歌师，其须有名；山崎宗鉴是俳谐创始人，著有《犬筑波集》。

28 风入马蹄轻

风入蹄轻，
树下落樱。

注："风入马蹄轻"来自杜甫《房兵曹胡马》"风入四蹄

轻"句。

29 春景

一片菜花黄，
东有新月，
西有夕阳。

注：写四月菜花盛开的春景。东西的描写，据说来源自陶渊明的"白日沦西河，素月出东岭。遥遥万里辉，荡荡空中景"。

30

菜花黄似金，
鲸鱼离岸不靠近，
海上正黄昏。

夏

1

梅雨不停下，
大河对面两户人家。
注：作者关心百姓人家的生活。

2 双林寺独吟千句

骤雨笔酣畅，
挥写一千言。

3

骤雨蓦然下，
群雀猛抓草叶。

4

暑天月下人声喧，
村民引水入干田。

5

夏月在天，
先骑渡浅滩。

6

兵船停海面，
夏月挂中天。
注：白天作战，夜间休息。海上的兵船和空中的月亮，光
波交映。

7

夏天月下，
河童钟情人家。
注：河童是传说中的水怪，嘴尖面如虎。

8

初见扬州港，
云峰立在天。

注：这是想象遣唐使到达中国的情景。

9

此身被休离，
还是下田插秧去。

注：写不幸的农村妇女被休后，时值农忙，还是下田，用
体力劳动排遣精神上的悲哀。

10

晚风轻轻，
波触青鹭胫。

11

留赠我香鱼，
夜半悄悄过门去。

注：鲇，夏季淡水鱼，能吐香气，又名香鱼。钓鲇鱼人为

芜村好友，只留赠鲇鱼，过门不入。

12

鲫鱼寿司味好，
云绕彦根城堡。

注：鲫鱼肉发酵后有酸味，将其夹在米饭中的食品，称为
鲫鱼寿司，是江州的名产。彦根城是在琵琶湖边山腹的井伊家
的城堡。

13

蚊子声细细，
正是忍冬花落时。

注：忍冬，一种蔓草，夏天开花，花色从白变黄，也称金
银花。

14

新叶繁茂，
峡谷路上行人少。

15

浅间山，
弥漫烟中嫩叶鲜。

16

新绿叶丛淹没中，
只余富士一孤峰。

17

牡丹花瓣散，
叠地两三片。

18

一只黑蚂蚁，
忽然爬上白牡丹。
注：一黑一白，色彩鲜明。

19 蚁塚

蚁王宫，
牡丹花发朱门红。

注：取材自李公佐《南柯记》的典故，写出荣华梦景。

20 波翻舌本吐红莲

阎王舌片，
吐成红牡丹。

注：标题出典未详。据云《阿弥陀经》有"舌相生红莲"的句子。

21 登东皋

蔷薇皋开处处，
恰似家乡路。

注：作者读陶渊明《归去来兮辞》"登东皋而舒啸，临清流而赋诗"句涌起自己的怀乡情。皋是岸边。蔷薇花的枝干多刺。

22

怀愁登古丘，

山路野薇幽。

23

深水割菰蒲，
锐利镰刀声。
注：写爽快的情景。

24

香瓜和茄子，
相会点头水桶里。
注：指碰到熟人时的幽默句。

秋

1

踩了亡妻的梳子，
感到闺房凉意。

2

山居
秋凉夜，
兔子拜访猴爷。
注：拟高山寺鸟羽僧正的鸟兽戏画图作句，富有童话味。

3 老怀

又比去年更寂寞，
秋之暮。

4

山鸟踏枝来又去，
漫漫长夜里。

5

月到天心，
人过穷市镇。

注：北宋邵康节《清夜吟》有"月到天心处"句。穷市镇白天不清洁，夜来被月洗净，欣赏此夜月景。

6

和尚煮芋五六升，
只为今宵赏月明。

注：一日升，合营造库平制一点七四一升。此是冒充风雅的幽默句。

7

明月已西沉，
舞蹈还有四五人。

注：盂兰盆节之夜，农家男女集合跳舞，此是看名画家英一蝶（1652—1724）风俗画有感而作。

8

萧籁吹秋风，
黍叶易惊动。
注：此作有汉诗的情趣，南唐李中有"门巷凉秋至，高梧一叶惊"诗句。

9

秋风寂寥，
酒肆吟诗有渔樵。

10

落木风天，
五六骑，
奔向鸟羽殿。
注：鸟羽殿是鸟羽天皇的离宫。此种情景，表示宫廷将有事变发生。

11

荆棘多刺芒，
根根闪耀白露光。

12

旅宿坚田，
电光闪夜天。

注：坚田在琵琶湖西岸，秋天多电光。

13

闪电光中望佐渡，
盼船上捎来消息。

14

角力竞赛输，
床上怨内助。

注：这是写角力者在床上对妻啰唆着他的摔法和不该输掉的道理。相扑到芜村时，在大阪、京都、江户（东京）专业力士定于七月比赛。故相扑成为秋的季语。

15

角如枯木鹿身寒。

16 探题雁字

雁一行，
月印端山上。

17

钓上一尾鲈，
巨口吐珍珠。

18

小船钓虾虎，
凭窗见摇橹。

注：虾虎栖在河海之间，秋后钓它。这是在大阪的大川口、隅田川的河口等处水亭上所见的景象。

19

柳丝落下水枯涸，

河石处处出。

注：作者爱读苏轼《后赤壁赋》，赏识"山高月小，水落石出"句，青年时代到奥羽（陆奥、出羽合称，是日本东北六县地区）旅行，以其句意改写三景并列。

20 旧笠盖菊图

白菊有如吴山雪，

开在草笠下。

注：宋僧可士句"笠重吴天雪"，"吴天"也用"吴山"。

21 涧水湛如蓝

牵牛花，

一朵深渊色。

注：标题是宋僧《碧岩录》的句子。

22

远山暮霭罩，

原野苍茫落日照，
蒙蒙狗尾草。

注：这是芜村名句，为着表现它的境界，试用五、七、五句调译出。

23

对着秋阳，
拾穗人步步拾去。

注：这俳句，正如法国米勒的田园风景画。

24

秋夜街灯，
奈良可亲旧货市。

冬

1

不见浮禽渡江寒。

2

莺啼岁暮罗生门。

注：罗生门为平城京及平安京的正门。平安京的罗生门址，在东寺西。这表示王朝情调的寂静气氛。

3

冬夜月光寒，
枯树中间竹三竿。

注：荒凉的枯树中，还有三枝翠竹映着寒夜月光。

4

僧兵议战后，
冷月映山头。

注：这写于《太平记》《平家物语》的世界。比睿山三井寺僧兵在议论明天战事之后。

5

初雪倾盆落，
竹林月色薄。

6

古池沉草鞋，
雨雪飘飘下。

7

大雪不停止，
关所之门掩闭时。

注：关所之门为大雪所封闭的情景，使人如见广重的浮世绘。

8

风雪夜来人，
拔刀喊借宿。
注：写浪人无赖的形象，带有戏剧性。

9

寒风吹得紧，
谋生之道何处寻？
此地五家人。
注：写实景，同情穷人。

10

飕飕寒风，
吹起小石碰了钟。

11

冬川小舟浮，
有女洗菜蔬。

12

松明晃过舟桥，
夜霜耀。

13

荒野萧条不堪，
夕阳沉没山石间。

注：班固有"原野萧条"句，杜甫《望野》诗有"跨马出郊时极目，不堪人事日萧条"句，据云为芜村用"萧条"的来源。

14

题诗石上过荒野。

15

冬天蛰居，
正在桃源路深处。

16

鹿谷吃药事，
勿与人提起。

注：鹿谷在京都左京区，大文字山的西麓。那里有俊宽僧都的山庄。治承元年（1177 年）藤原成亲、康赖等聚集商议讨伐平家而被捕。他们是以吃药食为名义到鹿谷的。药食是指平常嫌它不干净的鹿肉猪肉，冬寒时以为吃了能滋补身体。

17

日暮枇杷花儿艳，
难与鸟儿消遣。

18

寒梅折枝响，
联想老胳臂。

注：把寒瘠的梅技与老瘦的胳臂作比。

19

举斧砍枯木，

惊异吐香气。

20 古丘

狐狸取乐水仙旁，
冷清月夜光。
注：这是怪异俳句。

21

买了一把葱，
枯林归路中。
注：冬天菜蔬极少，能够买到新鲜青葱，心情愉快，通过
枯木林路回家。青葱与枯木做对比。

22 芭蕉翁墓前

我死葬墓旁，
亦愿作枯芒。
注：在京都金福寺谒芭蕉墓后述怀之作。

名家诗歌典藏

小林一茶

小　林　一　茶

新　年

1

元旦寂寥，
不止我是无巢鸟。

2

元旦日，
大吉大利。
浅黄晴空色。

3

假日回家，
坟墓松风身后吹。

注：假日回家，指男女用人每年于正月和七月的十六日放假回家。

4

猴子泪水湿舞扇。

注：作者同情被迫卖艺的猴子。

5 人日

不干净的指甲，

在荠菜前，

也感到羞惭啊！

注：人日，中国古时从元旦到正月初八，分为鸡、狗、猪、羊、牛、马、人、谷的日子。正月初七为人日。

荠菜，十字花科，春日开花，花小色白，它的嫩茎嫩叶，可供食用。《诗经·邶风·谷风》，有"其甘如荠"句。日本旧俗在人日吃七草粥，内有荠、芹、母子草、佛座、繁娄、芜菁、萝卜七种，以为可除百病。《荆楚岁时记》有记载。荠在人日是吉祥物，指甲沾着荠汁而切荠菜，被认为不干净，故对荠有羞惭之意。

春

1

春雨纷纷落，
吃剩的鸭子叫着。

注：冬天捕到的野鸭，大多已经吃掉，有的留到春来时还在叫着，被认为是吃剩的。

2

春意温和，
竹林还有积雪，
还有积雪。

3 白日登汤台

三文钱租望远镜，
望望春霞景。

注：白日登汤岛天神境内的高台。

4

西山啊！

哪朵云霞乘了我？

注：经由专明寺主持调停，一茶与异母弟仙六取得和解。于一八一二年春（五十岁）定居故乡，作此喜悦的幽默句。

5

晚霞里，

横骑马儿何处去？

注：写农民忙了一天，在晚霞下，横坐马背上归家。

6

暮色苍茫，

山那方，

吹笛卖饴糖。

7

掩盖我贫家的雪，

已在融解。

注：信浓雪大，一片白茫茫的雪，盖着房屋，分不清谁是富家，谁是穷家。

8

撒把米也是罪过啊！
让鸡斗起来。
注：此句富有理趣，无季语。

9

想念去世的母亲，
当看到海时，
看到海时。
注：一茶五十岁时春三月到千叶富津后，看到大海，感叹自己的流浪，便怀念去世的母亲。此句无季语。

10

春日野，
鹿角给恶作剧地锯掉。
注：鹿是奈良春日野神的使者，每年春因防伤人被锯掉。

11

出巢鸟从那一夜起，
就碰到落雨。

12

小麻雀，
躲开，躲开；
马儿就要过来。

13

跟我来玩哟！
没有亲娘的麻雀。

注：一茶三岁时母亲去世，这是回忆六岁时的吟句，一茶的代表作之一。我觉得文言的译法"孤雀勿哀，与我嬉来"不如用白话表现得更情真意切。

14

黄昏燕子有归巢，
我没有明天的目标。

注：这是一茶四十五岁时作，那时居无定所，辗转于上总、下总、常陆之间，故有此感慨。

15

绿柳枝斜，
漠然栖着一乌鸦。

16

归来的雁，
见过几回浅间山云烟？

17 观斗蛙　四月二十日

瘦青蛙，
别输掉，
这里有我一茶！
注：旧时有斗蛙的习俗。一茶于武藏国（今京都足立区）竹冢看斗蛙，表示支援弱者。这是一茶的代表作之一。

18

青蛙呀，悠然见远山。

注："悠然"是原作用汉语的词儿。

19

蝴蝶飞远，
似不企望这人间。

20

黄昏月升时，
田螺在锅里啼泣。

21

月夜里，
蚌吐泥。

22

生我故乡地，
那儿的草，
可以做饼哩！

23

做饼的草，
长青了哩，
长青了哩！
注：可以看到天真的童心，发出惊奇的声调。

24

黄昏时，
等待折梅一枝的人儿。

25

人家去赏香梅，
我却谁来也是破茶杯。

26

野薇丛里，
野梅悠然开。

夏

1

像"大"字一样躺着，
又凉爽又无聊。

2 住里屋

凉风吹进来，
曲折而迂回。

3

回家去吧，
江户乘凉也难呀！

4

清风加朗月，

五文钱。

注：这是从李白《襄阳歌》"清风朗月不用一钱买"变化来的。李白不用一钱买，一茶却给五文钱。

5

桥上凉风吹，
张良捡取这鞋来。

注：典出黄石公在圯上叫张良取鞋的故事。李白有诗《经下邳圯桥怀张子房》。

6

风凉的净土，
就是我的房屋。

7 粒粒皆辛苦

万不该啊！
午睡时，
听唱插秧歌。

注：标题引用唐李绅《古风》诗句。

8

五十做新郎，
白发扇遮挡。
注：一茶做新郎时，实是五十二岁，娶二十八岁的菊女为
妻。扇为婚礼用品，此作是自我嘲弄。

9

孩子已入眠，
高屋为他洗尿片，
夏月挂天边。

10

真谧静，
湖水底下云峰影。

11

蜗牛一块儿，
爬上富士山去也。
注：写小动物与大高山的对照。比喻集体团结，去完成理

想的力量。

12

哗啦哗啦地，
汗珠滴落的稻叶。

13

夹袄两袖装白云。
注：这句从"两袖清风"转化过来的，更饶情趣。

14 在奈良

鹿背上，
笑嘻嘻的鸟儿，
午睡入梦乡了。

15

足下也到江户去么？
布谷鸟。

16

前生我们是堂兄弟么？
布谷鸟。

17

鹧鸪的巢，
全靠一根草。

注：巢用芦苇梢端拗折交错而成，浮在水面；也有用零碎的芦苇做成，把巢系在杂草或灯芯草的茎上。

18

女儿看啊，
正被卖身去的萤火虫。

注：夏天有钱人买萤火虫，装在纱袋里，悬在室内，或放在院子里飞翔，以供玩乐。

19 日日懈怠　不惜寸阴

今天是这样，
像孑孓游游荡荡，

明天也这样。

注：题用汉文。孑孓是蚊的幼虫。

20

佛陀将白天的蚊虫，
藏在背后。

21 心所思

故乡哟，
连苍蝇也螫人。

22

别拍打呀，
苍蝇手揖脚跪啦！

23

最上川，
蝉声贴在天。

24

朝霞红艳艳，

蜗牛啊，

你可喜欢？

25 哀旅贩越后女

麦秋时节，

背着孩子，

外出贩卖沙丁鱼。

注：写越后（今新潟县）妇女的艰苦生活，沙丁鱼是用盐腌的。

26

每人发一份，

款冬叶包沙丁鱼，

插秧农忙时。

注：款冬叶包沙丁鱼，写农村生活的情趣。农忙时，每人分发一份表示慰劳。

27

抓着新熟的瓜，
睡着的孩子。

28

只见五重塔，
东寺夏荫遮。

29

故乡呀，
挨着碰着，
都是带刺的花。

30

烧热岩石中，
旋花欣向荣。

注：炎夏访喷火后的浅间山麓，赞扬小小花草的生命力。旋花为野生植物，初夏起开淡红色的花，状如牵牛花，午间时盛开，故在日本称昼颜。

秋

1

立秋了，
站惯别人的窗口外。

2

微寒夜夜里，
蚯蚓在唱歌哩。
注：蚯蚓无发音器官，但作者想象它会唱歌。

3

旅中秋夜里，
男人做针线活。
注：一茶漂泊三十六年，尤其是一七九五年的大旅行，当
会有这生活的实感。

4

我这颗星，
何处寄宿啊？
银河。

5

秋夜间，
纸窗小破口，
吹起笛子响。

6 病中

多美啊！
透过纸窗破洞看银河。

7

银河倾泻木曾山。

注：木曾山可能在一茶故乡信浓境内，指木曾诸山。木曾在今长野县西南部，木曾川上游山谷地乃桧木产地。此句写沉郁静美的夜空。

8

秋日黄昏行脚里，
后面有人赶前去。

9

偶尔回家转，
故乡的月色暗淡。

10

如明月之所见，
我的破家园。

11

小孩哭着嚷，
要取那月亮。

12

明月呀，

今天你也贵忙。

注：用"你"使人感觉亲切，想到月亮移行很快。

13

源义经，
松月对他也表同情。

注：源义经战功显赫，终为其兄源赖朝所不容。此句写出
松月对义经也寄予同情。

14

灯笼啊，
照见同年人的皱容。

15

我的家呀，
稻草人也不理睬。

注：写回乡后不顺心。稻草人是秋的季语。

16

秋雨绵绵，

小马卖出离故乡。

17

雁别叫了，
从今天起，
我也是漂泊者啊！

18

田里雁声叫，
村中人见少。
注：人见少，指信浓的旧俗，从晚秋到春天，壮年人出外
谋生。

19

萤火虫，
步行潜逃避秋风。
注：秋来了，萤火虫已经衰弱无力，以步行来表现它，作
者自况。

20

秋天的知了，
仰卧地上向天叫。

21 长女莎托墓前

秋风呀，小红花
要被撕碎了的！

注：一茶的长女生于一八一八年五月四日，翌年患痘疮，
于六月二十一日死。

22 毒蘑菇

害人的蘑菇，
果然很娇妩。

23

夕阳落脚下，
地上野菊花。

冬

1 孤身旅行

隔壁自进餐，
灯暗风又寒。

2 二十三日入西林寺

辞岁青空下，
步行到守谷。

注：一茶于一八一〇年十二月入守谷西林寺。守谷，今茨城县北相马郡守谷町。

3

像普通人，
灯火期待新春。

4 强盗藏在我的故乡被捕

村间雨落，
作孽的鸟，
陷入圈套。

5

冬天的雨呀，
绕着芭蕉翁的墓地。

6 人生道路比山川还艰险

寒风飘摇日将暮，
有人卖唱十字路。

7

用碟子招呼行人，
尝尝药食品。

注：药食品是由鹿肉配药材煮成的。

8

在此年关下，
不管是好还是歹，
任凭你安排。

9

信浓的雪，
从心头落下。

注：指家乡的人情淡薄，这里的雪成为袭击生活的东西，
与风雅咏雪，全然异趣。

10

许是好吃的雪花，
乱纷纷地飘下。

11 十二月二十四日入故乡

是终身住所么？
哦，雪五尺！

注：《八番日记》记每年要开支一笔扫雪费。一茶住这雪

国，据统计写雪俳句有四百多首。此句是一茶五十岁时写的。

12

野佛鼻梁挂冰柱。

13

蛇蛰居过冬，
邻家便是老鼠洞。

14

拔萝卜的，
拿着萝卜指路。
注：写朴素的田园风景，活现指路人形象，还可想见有个问路人。

15

燃料够了，
风送来的落叶。
注：这是名作。

16

粪肥堆叠，
夕暮山田散红叶。

注：红叶经晚秋、初冬的风雨而凋落，称散红叶或残红叶，
属冬红叶一类。

17

有个家，
再建个水仙园吧。

注：生活漂泊，却喜爱水仙花。

正冈子规

正 冈 子 规

名家诗歌典藏

新　年

1

正欲睡眠鸡报晓，
岁序转新春。

2

瓶插梅花共贺春，
谢客只因是病身。

3

同胞三千九百万
共庆过新年。

春

1

春山烧后露笑容。

注：此句系子规用他重视的拟人法写的。

2

温雨纷纷下，

蔓草枯干不见芽。

注：温雨即初春的雨，有暖意。

3. 悼苏山人

春雨霏霏，

哀哉石竹洞萎！

4

游丝呀，

埋葬东瀛泥土下！

注：以上两句是哀悼子规的中国弟子苏山人之作。苏山人（1881—1902）姓罗名朝斌，字卧云，号听松，江苏苏州人，父罗庚龄为清朝驻日公使何如璋的译员，母是日本人。苏山人自幼喜爱文学诗歌，后拜正冈子规为师，交游颇广。他的俳句被收在子规编辑的《春夏秋冬》《明治俳句》中。一九〇二年春因病在东京逝世，年仅二十二岁。

5

岛岛点起了灯火，

春之海啊。

6

春日河川上，

正是一桶靛蓝流。

注：这是子规流畅体。作者把春天河川的水比作一桶流动的蓝颜料，这景象在乡下有染坊的地方可以看到。

7

洒落春风牙粉红。

注：子规早晨刷牙时因咯血而染红了牙粉。此句用红白的色彩感来描写病状，没有悲伤意。

8

春日病床上，
学画来消遣。

注：子规喜画，但无老师，只把花果放在床边，随笔写生。

9

泥工打瞌睡，
燕子正交飞。

注：此句写农村的泥工盖新房午休时的情景。

10

蝴蝶翩翩飞去，
风吹又飞回。

11

蝴蝶碰荆棘，

刺破了翅膀。

注：美丽的翅膀受了损伤，令人惋惜。

12

银鱼碗里鲜，

联想角田川。

注：银鱼在日语中叫白鱼，角田川现称隅田川。

13 石手川出合渡

小香鱼，

分两路溯流游去。

注：石手川出合渡是松山市内的重信川与郊外的石手川合流的渡口，活泼的小香鱼在合流处分二路溯流而上。

14

茶楼酒馆无踪迹，

唯见娇艳花一枝。

15 国会开幕

桃嘲梅来梅笑桃。

16

载人又载牛，
喧闹桃渡口。

17

红梅花散落，
寂寞枕头边。

18

梦里美人来，
说是梅花精。

注：这是妖艳句，颇有芜村的风格。

19 松山松风会席上

花瓶插红梅，

僧俗俳句十五人。

20

秋千影静静，
梨花月有阴。
注：此句意境与苏轼《春宵》中的"花有清香月有阴，秋
千院落夜沉沉"略同。

21

山茶花啊，
落了一朵，
落了两朵。
注：这三句略似小幅写生画，给人留下鲜明印象，句中有
时间的推移，使人仿佛目睹艳丽的景物。

22

玻璃窗外，
棠棣花雨飘。

夏

1

夏日山风来，
桌上白纸尽飞去。

2

梅雨时节，
看厌上野山色。

3

插秧农田里，
还有戴盔人。

注：藩士退役归田，从事农耕，插秧时还戴着战盔。此句
表示时代已变化，仍留旧迹象。

4

拂晓时分，
白帆驶过蚊帐外。

注：子规在海边须磨疗养院的卧室里，晨曦照在绿色的蚊帐上，此时他意外地看见白帆在海上驶过。

5

柳树被伐采，
终于不见翡翠来。

注：子规认为梅与莺、竹与雀、杨柳与翡翠的配合，虽是陈旧的程式，但也有其美感。翡翠总是站在水边的柳枝上想啄食水中的游鱼，柳树既被砍掉，翡翠失去立脚点，就到别处去了。

6

看护妇打瞌睡，
醒来拍苍蝇。

注：伺候子规的看护妇瞌睡醒后，不好意思，拿蝇拍打苍蝇，这写出了一种心理状态。

7

饱啖苹果后，
死在牡丹前。

注：一八九六年五月十七日，子规从中国归国的途中，在船上咯血，二十八日进入神户病院。翌年四月五日做了两次手术。一八九九年五月，子规发烧、失眠、腰痛，食欲不振，病势较重，因不堪其苦，故吟此辞世句。

8

华丽银屏前，
烂漫将谢白牡丹。

注：银屏配白牡丹，那是满屋生辉的景色，但此句只写白牡丹盛开将谢的状态。这是艳丽句体。

9 自题

牡丹花瓶下，
泥土一块。

注：一九〇二年五月，子规为病情所苦而作此句，题在香取秀真为他塑制的石膏像背面。作者认为自己死之将至，犹如艳丽的牡丹花下的一块泥土。

10

红蔷薇，
白蔷薇，
湿润梅雨水。

11

听得蔷薇剪刀声，
正是五月梅雨晴。

12

牵牛花色艳，
染得晨雨亦紫妍。
注：晨雨接触牵牛花，染上紫艳颜色，"染"字成为句的主眼，上下全活了。

13

牵牛正值开花时，
迎接堂堂文学士。
注：夏目漱石对文部省授给自己文学博士的称名，十分讨

厌，曾坚决谢绝，但谢绝不了。子规在此句中，用"堂堂"二字，有点打趣。

14

檐下油灯明，
青梅黄梅相照映。
注：梅雨季节，梅子未熟的叫青梅，熟的叫黄梅。

15

一角庭院边，
嫩竹青青四五竿。

16

舟行在莲塘，
莲花碰触小鬓上。
注：梁武帝有五言诗："采莲南塘秋，莲花过人头。"子规把"过"改为"碰"，都是美丽的画面。

秋

1

夜凉如水，
银河岸畔，
星一颗。

2

出门走十步，
秋日海天阔。

3

旅行又旅行，
秋风尽在旅途中。

注：这是作者一八九二年所作的俳句，写他在十月间无休止的旅行，又在旅途中感到秋风的寒意，同时也反映他是在人生的道路上。

4

秋山御幸寺，
天狗住其中。

注：山在松山北郊，人们叫它作御幸寺。山形怪异，相传有天狗在那里，令人恐惧。天狗是想象中的怪物，住在深山中，状如人，红脸高鼻，有翅膀，飞行自如。

5

长夜览读《三国志》，
正到孔明病殁时。

6

阅读《水浒传》，
夜长妙趣多。

注：子规自少年时代，便爱读军事历史小说之类，《水浒传》、《三国演义》也是他爱读的书。

7

人提灯火穿院去，

夜里依然又静寂。

注：写静中有动，动后仍归于静，这是着重于听觉的句子。

8 别漱石

我去你留，
两个秋。

注：子规从松山要去东京，夏目漱石仍旧逗留松山。两人分别，时在秋天，惜别又叹境遇不同，巧妙地用了两个秋。

9

煮芋又备酒，
宾客何来迟。

注：一八九七年八月十七日，在上野元光院赏月，又听筑前琵琶。到会者约二十人。此句写月出前的准备工作。

10 旧历八月十七日元光院

不待明月出，
有僧竟自归。

注：一八九八年相约于中秋后两天赏"立待月"，子规也稍微迟到参加了。但其中释清潭不知何故却早离席。高滨虚子以为此句有弦外之音，说此僧人胸无点墨，不能强为吟咏，故早

退席。

11

病床苦呻吟，
秋蝉来唱和。
注：到了秋天，蝉断断续续衰弱的叫声，跟病者的呻吟声，有点合调。

12

木樨花正发，
母教二弦琴。

13

江村月夜芦花白。

14 吊古战场

尸骨皆不见，
唯有草花妍。

15 在法隆寺茶店小憩

我尝柿子时，
钟鸣法隆寺。

注：吃柿子时听到钟声，两者虽无关联，只因为是同时发生的事，就把它们联系起来。

16

俳句检阅三千首，
枕边柿子两个。

注：子规在《日本》报刊上创设俳句栏，是他的革新事业的中心。有一天要夜以继日地看来稿俳句三千首，从中选用，工作颇为繁忙。枕边放着爱吃的两个柿子。"两个"和"三千"是数字的照应。

17

幼嫩鸡冠花，
那堪飙风刮？

注：子规酷爱鸡冠花，以拟人法描写它。

18

寻常百姓家，
将开十蕊鸡冠花。

19

稻草人也感寂寞，
当此秋之暮。

20 根岸音无川

柳叶已凋萎，
菜屑小川漂。
注：根岸与日暮里之间有条小川，名叫音无川。秋冬时附近居民在这小川洗净蔬菜。

21

风吹白色胡枝子，
花露点点滴。
注：这是写秋天庭院的美，秋风吹拂白萩花露滴落的情景。

22

夜半惊醒梦，

瓠瓜落地声。

注：某夜深时，有一种声音，使子规从梦中惊醒过来，后来才知道是院子的瓠瓜棚上结的瓠瓜落地的声音。声音微小，子规也这么震动，可见他的身体衰弱。

23

入秋时节，

绘草描花作日课。

注：子规好作画，入秋画画，聊以自慰，将盆栽的草花摆到枕边作写生之用。据云最初画的草花是秋海棠。此句是他的生活写照。

24

丝瓜放蕊时，

痰塞成佛去。

25

良药丝瓜水，
难治一斗痰。

26

前日丝瓜水，
不曾饮入嘴。

注：丝瓜是止咳消痰的药材，子规曾在自己的院子做棚种植，入药用。

以上是绝笔的三首俳句。子规的病况，一九〇二年九月十日起，两腿浮肿，一点也不能动弹，但精神却很平稳，意识到死神已经迫近，终于在十九日午前一时逝世。

冬

1 病中

夜半时雨降，
虚子可从上野来？

注：子规殷切希望弟子高滨虚子早一点来。

2 病中雪

频频询问，
积雪深几许？

注：久卧病床的子规，总想接触外界，问了妹妹，又问妈妈，使她们不得不跑出门外看雪，再回答子规。这句写出子规难以抑制挂念积雪的心情，是他的代表作之一。

3

日记存梦境，
闭门严冬静。

4

雪中送客去，
留下草鞋木屐痕。

5

荒寒少客行，
村犬吠巡警。

6

尚武豫阳太守，
放鹰猎获野兽。

7

鲫鱼惊阵雨，
竞相逃避一桶里。

注：屋外桶里的鲫鱼，因阵雨滴落，在狭窄的桶里竞相逃避，这是写小景、近景的俳句。

8

室中炉火盛，
玻璃窗外松涛声。

9 贺新居

水仙得其所，
庭隅自不俗。

10 漱石约来寓

时逢除夕岁将尽，
插就梅花等待君。

夏目漱石

夏　目　漱　石

新　年

1

新春已到来，
五斗米做饼吃。

2

泥金仙鹤画，
涂朱屠苏杯。

3

温泉水滑，
洗去旧年油垢。

注："温泉水滑"取自白居易《长恨歌》中的"温泉水滑
洗凝脂"。

春

1

马夫歌声处，
白发对暮春。

注：小说《旅宿》载此句，指山村老太婆难耐凄凉，几经
岁月数着过路的马。

2

惟然耳边声，
春风吹马铃。

注：广濑惟然是江户时代前期俳人芭蕉的门人。句写登山
之后，景象寂寥。似以惟然自况。

3

春寒暮树，
挂着季子的剑。

注：春秋吴国季札给逝世的徐君赠剑的故事。

4

人死转生鹤，
高洁又清和。
注：有的评论家认为此作富于浪漫主义幻想，有着离俗的格调，是个几乎难以企及的秀句。

5

粥味滴滴香，
春入胃肠。
注：作者患胃溃疡，在伊豆修养寺疗养，病情好转，才得进粥食，有苏生的喜悦。

6

虻虫藏在茶花里，
正将落地时。
注：此句抓住瞬间的感触，轻小的虻虫，伏在沉甸甸的山茶花蕊上行将落地。

7

谁住梅花丛里，

幽幽灯火明。

注：此句写梦幻的诗境，如见《源氏物语》的画卷，充满着古典美。

8

和靖面对梅花，

胡须已经雪白。

9

伫立抬头看，

木兰花满天。

注：这是载于小说《旅宿》的写景句。

10

愿如紫地丁，

生为渺小人。

注：此句是作者内心的表白，含有禅境的人生观。厌弃丑

恶的现世，寄情于自然界的小花草。

11

草丛中，
萱花开一朵。

注：中日都称萱草为忘忧草。

12

朦胧月夜色，
浮现海棠精。

注：此句有芜村的幻想情调，写春宵里海棠变成了妖精。于此联想到陆游《春愁曲》：“蜀姬双鬟娅姹娇，醉看恐是海棠妖。”

夏

1

云峰耸太空，
封闭大雷声。

2

无人岛上为天子，
定觉清凉吧。

注：从英国回国后，有苦闷厌世感，想出一个超现实的无
人国。句意虽然逃避了现实的重压，还是不能称心。这句意匠
崭新，着想奇拔。

3

灯火熄灭后，
冷星入窗来。

4

青岚中，
源氏从正门迫攻。

注：青岚，夏天吹过万绿丛中的风。写日本源平争霸时，源氏的军事优势，是印象鲜明的咏史句。

5

黄昏敲响木鱼，
吐出白昼蚊虫。

注：此句写静寂幽暗的佛堂，僧人敲木鱼念经，蚊子从木鱼里飞出也发微弱的叫声，有点轻妙的呼应趣味。

6

莲花塘里面，
隐约推舟出。

注：此句像一幅绘画，写着隐约的美。

秋

1

夕照五重塔，
感叹秋已残。

2 在伦敦得子规讣闻

无香可祭奠，
那暮秋时节。

3

雾都黄昏时，
恍动他身影。
注：以上二句作于一九〇二年秋。伦敦是名闻世界的雾都。
在雾都中仿佛看到子规摇曳的身影，抒写他听到子规去世时沉
闷的心情。

4

清晨枕席畔，
双星惜别时。
注：此句写作者与爱妻中根镜子的惜别深情。

5

离别情难遣，
梦隔一天河。

6

回响的桩声，
打进秋天江中。
注：这不仅是写生句，而且显示着光与声的生命旋律，表现出单纯的心象风景，桩声即心声。

7

秋水竹丛影，
鱼也不游动。

8

草山牧马秋空下。

注：这是写向阿苏山去的即景句，可以想象秋空下草山的
辽阔，马群在那儿吃草活动的自然风光。

9

雁飞回来，
有人逝去有人在。

10

时离又时聚，
菊旁蝴蝶一只。

11

秋风门前过，
石蒜花开一点红。

注：石蒜，日语为曼珠沙华（梵文音译），又称彼岸花（彼
岸为佛语）。

冬

1

初冬伐绿竹，
满山迭荡斧头声。

2

武藏下总平野阔，
和暖小阳春。

注：武藏与下总均为地名，句作受子规所提倡的写实的影响，有水墨画韵味，也显豪逸情调。

3

樊哙挤门入，
剑光霜气寒。

注：句写鸿门宴樊哙救主的勇猛气概。

4

寒冬风猛烈，

夕阳吹落海中。

注：这是写冬天的落日的壮丽，有芜村的风景画情调。

5

愚庵咏时雨，

韵押一东。

注：愚庵即漱石别号。时雨是秋冬之间一种急雨，降雨范围窄。旧历十一月称时雨月。

6

筑坛祭北斗，

挥剑耀霜光。

7

大雪正纷飞，

壮士获熊归。

8

待春住客馆，
手边书一卷。

9

中国水仙一浅盆，
静穆等待春。

无 季

1

白云呀，
爬过这山又那山。

2

西行脱下笠，
瞻望富士山。

注：西行（1118—1190），日本歌人，著有《山家集》。

3

奈良古梅园，
喷发翰墨香。

河东碧梧桐

河　东　碧　梧　桐

春

1 三月三日因病终日闭居

罗马春雨降，
倚窗望天空。

注：一九二一年，作者经上海、新加坡，从马赛登陆到意大利罗马等地旅游。六月从巴黎到北欧。十一月到伦敦。十二月渡美，翌年一月回国。

2

日照楠木芽，
风吹亦有光。

注：《楚辞》有"光风"的词儿。

3

早春寒气临，
水田上空云无根。

注：俳人协会故会长大野林火说此句是暗示在悲剧中终了一生的碧梧桐的境涯。句带浪漫味，哀愁美。

4

横笛一曲终，
余音绕春月。

5

蛇出洞穴来，
石垣春水漾。
注：句用写生手法，表示敏锐的季节感。

6

黄莺桐树鸣，
茶山多一景。
注：茶山指春日晴朗时采茶的事，桐树飞来鸣莺，也算多一种景趣。

7

春日迟迟，

鹰嘴理毛羽。

注：作者在此致力于"从平易外观直叙到内面事相与感想
具象的描写"。

8

红山茶，
白山茶，
叠地有落花。

注：此句印象明了，如一幅油画，只见地上落下一簇红花，
一簇白花，而其场所，使人联想起庭院或山路。这是多被引用、
欣赏的名句。

9

桃开花似锦，
湖水周边十个村。

注：桃是栽培在农村庭院的花木。此句写桃花开时，瞭望
湖边十个村（小村）的艳丽景色。"十个村"用的是汉文。

夏

1

才行积雪上，
又踏薰风草花路。

注：这里的草花，按《日本的山水》均属于高山植物。句写渡过残雪，又在夏天薰风中踏过花畦，显出爽快明朗、健康的情趣。这是作者在《续三千里》的旅途中，写立山（在富山县西南隅）顶上的即景句。

2

面包店铺已开业，
午间吹渡叶樱风。

注：叶樱，指樱花开谢后，长满叶子的樱树。初夏的风一吹，樱树就闪着叶光。此句写郊区商业发达的景象。

3

愕然昼寝醒，
孑立一孤身。

注：炎夏疲乏，多作午睡。"愕然"用的是汉文。

4

炮车驶向巷里过，
夏日光中舞沙尘。

注：此句用新词"炮车"，有时代感。

5

海楼凉气清，
惜别此时情。

注：作者开始"三千里"的旅行，从两国站来到稻毛寄宿于海边松林中的海气馆。门徒乙字、六花、观鱼、碧童等来相送，作此留别句。

6

马儿忽自归，

流萤闪烁飞。

7

温泉宿舍喂小马，
可厌苍蝇声。

注：小马可爱，蝇声可厌，作者很技巧地把爱与憎凑在一起。

8

蟹死螯钳空，
炎天涌云峰。

注：蟹可能指海蟹。它要钳取什么，终于未能钳着，作者有其寓意。云峰作为死蟹的背景。

9 两光寺寄宿

书籍放在桌台上，
檐前蔷薇放白光。

秋

1

画室悬近作，
秋日光照来。

2

风急吹叶落，
随风过孤屋

3

十字架立秋山上，
坟墓在望中。

注：此句用新词"十字架"，带着近代化色彩。

4

藏书名传天下知，
来求披览秋晴时。

5

大风伤万木，
候鸟南归去。

6

萧萧池水寒，
鹤飞去不还。

7

被牵耕牛停下步，
十字路上凝望秋空。

注：牛被牵走，是到市场呢，还是到屠场？牛也许感到事
关自己的命运。此句共计二十三音（七、十一、五），破了调，
但有季语"秋空"。

8

落叶松寂静，
红蜻蜓群舞无声。

注：此句写晚秋萧瑟静寂的景趣。以落叶松为主，红蜻蜓
作陪。俳人碧梧桐与诗人北原白秋的《落叶松》诗境，情感
相通。

9

新月刚刚出，
胡枝子花零落。

10

路径向富士，
茫茫狗尾草。

11

时已到夜晚，
厨房煮辣椒。

注：写生活琐事，句法平易，并无陈腐气。子规在《俳句》

新派的一种倾向中举了这句。

12

伫立看芙蓉，
背后点亮灯。

注：芙蓉是栽培在庭院中的花木，早上开花，傍晚凋萎。此时，室内点起了灯。芙蓉结束了一天的工作，灯火却刚刚点亮，此句写微妙的瞬间变化。

冬

1

夜长不备火，
清冷独居人。

2

寒夜闻人语，
庵寺在林中。

3

车入我善坊，
玉霰落纷纷。

注：车是明治时代的人力车，我善坊是谷间的一个町名。霰即常见于初冬时的雪珠，天一阴沉便一小粒一小粒地降落，又叫米雪。

4

朦朦月夜，
雪封枯木原野。

5

雪重折枝声，
后宫夜半闻。

6

轩前积落雪，
贫巷路不通。
注：据云此句原文是汉语调，系明治俳句的一种特色。

7

寒林贫寺火神来，
僧人不知何处去。

8

大风吹落木，
塔下谷中路。

注：谷中指东京都台东区、上野公园的北部一带，多墓地、寺院和树林。子规的住地根岸离那儿不远。此句系碧梧桐走过那条风吹寒林、落叶飘飞的路时所作。

9

腊月风雪紧，
熊罴吼叫声。

10

会友华灯下，
千鸟发鸣声。

注：写会到意志相投的友人，感到欢欣，以千鸟叫声，作为伴奏。

此句打破俳句五、七、五的定型，用六、五、三、五调。

无　季

1 读史

大战未能得死所，
悲叹原野尽荒芜。

2 怀子规居士旧事

往昔故人居此处，
遗物新酒惹怀思。

3

船行潮水好，
濑户鸥群竞逐飞。

第 七 辑

高滨虚子

高　浜　虚　子

新　年

1

去年与今年，
相连如木棍。

注：这是一九五〇年新年广播的录音句。"去年今年"是俳
句的新年季语。作者晚年常说要平凡，他把岁月比作单调的木
棍，也可以说是达人达观吧。

2

悲切手球歌，
听来觉得美好。

3

遣兴松房里，
琴棋书画多清趣。

春

1

摆出火钵子，
春寒闲话时。

2

踏青呀，
只在古旧石阶旁。

注：踏青是中国的旧俗，三月三日行事，又称踏春，清末
梁鼎芬《卜算子》有"只好明年再踏春"之句。

3

伫立桥头上，
春水向我涌来。

4

华灯春宵里，
有我也有你。

5

春灯啊，
镜里的春灯。

注：以反映的手法托出春灯的美。

6

提起春潮事，
当然想念门司。

注：春时潮色变作浅蓝，看潮色知道春到来，心情愉快。
门司是连接玄海滩与濑户内海的城市，潮景明朗。

7 一八九六年别漱石

绵绵春雨时，
借伞告别离。

8

渡入思川去，
又是花雨天。

9

春山泥土埋尸骨，
生前功罪尽虚空。

注：句意是说春山的草木花鸟仍在，而人的生前是非得失已成一场空。这是凭吊一代之雄源赖朝的。虚子作此句六天后即病逝，也与赖朝一样埋入土中。

10 句佛师十七回忌追忆

春日迟迟，
独自推敲句子。

注：这句是纪念真言宗大谷句佛氏忌辰，写在明信片上的绝笔。

11

窗外风尘起，

春将归去时。

12

斗心已抱定，
独立丘上迎春风。

注：这是一九一三年作者四十岁上回归俳坛时的宣言句。
后于一九五〇年又有"斗心尚在见春风"的吟句。

13 莎士比亚菩提寺

春日透过花玻璃，
照射棺木上。

14

漫步庭院里，
木屐印春泥。

15 柏林日本人句会

主妇脸颊上，
小猫脚爪痕。

16

群鸟叫声逐渐高，
终于静悄悄。

注：这也是一种写生法，不用眼睛，而用耳朵。此句是时间艺术的表示。

17

燕子江天缓缓飞
船行何迅速。

18

黄莺不识文字，
却有歌吟的心。

19

飞蝶悠悠，
岂是苏山人魂游？

注：苏山人是作者的俳友。

20

门前两亩桑，
好把蚕来养。

21

渔女登上陆地，
恍似桃花艳丽。

注：一九四八年虚子游览三重县志摩时，看到外海渔女潜水采贝的作业，即作此句。操渔女作业的，多从少女时开始，她们登陆休息时焚火取暖，吃饭笑谈，也有给婴孩喂奶者。作者向渔女表示祝福之意，同时，又产生像桃花报南国之春的美感。

22

山居爱杉树，
又恋连翘野原。

23

马背挂雕鞍，

神往到花前。

注：此句取材谣曲《马挂鞍》。花即樱花。

24

我的芒鞋哟，

踩着伦敦的春草。

注：作者旅欧时，穿和服与草鞋，是引人注目的。

25

蝴蝶翩翩新到来，

问何颜色答说黄。

注：在这首俳句里面，有如闻其声的来、问、答三段对话，黄是三月间的花色。这是虚子作于信州小诸的名句。

26

荇藻漂浮春水面，

两叶分离根一条。

注：这是写生的典型手法的例句。

27

镰仓故土上，
吐出牡丹芽。

28

樱花瓣飘散，
落在乌鸦钝翅膀。

注：樱花的白瓣和乌鸦的黑翅膀，形成鲜明的对照，显出
古典美。使人联想到李商隐的诗句"紫鸾不肯舞，满翅蓬山雪"
(《海上谣》)，描写白雪落在紫鸾的翅膀上。

29

哀花谢落心零乱。

注：一九四一年四月二十一日虚子哀悼维子郎逝世句。

30

不管梅开快与慢，
独占此谷间。

31

树芽风，
敲打金堂门。

32

漂动急湍里，
荇菜生机旺。

33 祝《草》三十五周年纪念

自云是小草，
不愿称瑶香。

夏

1

长虹挂彩，
忽想如君在。

2

彩虹消逝，
忽想如君去。

注：虚子旅居小诸，看见彩虹挂在浅间山顶，一九四四年
十一月七日，在明信片上写下这两句给住在福井县的女弟子森
田爱子。后用在他的小说《虹》的末尾。

3

骤雨身淋湿，
归来独倚栏。

注：此句系陪送正冈子规到须磨疗养院后所作。

4

黄昏骤雨降，
马车一驾出林来。

5

长夏海面上，
又见风帆一叶来。

6

一阵晚凉风，
满池萍叶动。

注："晚凉"用汉语。白居易有"绿树荫前逐晚凉"句。

7

夏潮今退去，
平家灭亡时。

注：这是咏史句。源义经在坛浦利用夏潮，指挥军船迫近平家的军船，瞬息之间决定了胜利，现在门司布刈神社有此句碑。

8 悼下村为山

立山巉岩上，
夏雪正消融。

9

静静听说笑，
悠悠团扇摇。

10

芭蕉洒了水，
卷叶冲上天。

11

青鹭已随晚风去，
高楼犹有灯火明。

注：青鹭是大型鹭鸟，背苍灰色，故名。成群地在水边的树上作巢，喜在清凉的水中伫立。

12

生为蜘蛛，
就该结网啊！
注：这种意识形态，也是一种人生论。

13

像蜘蛛结网，
我也是吗？
注：一种人生论，在俳句这小体裁单纯地表现出来。

14

夏天蝴蝶飞翔，
向阴又向阳。

15

真没想到呀，
搅乱了山区蝴蝶！
注：一九四五年五月虚子沿着浅间山斜坡的田野路行走时，
看见路两旁开着豌豆花，而蝴蝶群却飞得很慌乱，原来是被美

军大轰炸吓的。

这是对同行人顺口吟出之句，为代表作之一。

16

嬉戏落花地，
蝴蝶追逐蝴蝶。

17

萤火虫受了伤，
跌落水面上。

18

宾主在谈天，
蜗牛爬上竹竿。

19

这只大蜥蜴，
吐出舌尖看着我。
注：大蜥蜴吐舌的怪模样，使作者苦笑地对着它。

20

蚊帐外，
月儿出山又入山。

21

掀开蚊帐，
愁看煎药的母亲。

22

戴上水藻花，
出去游泳啦！
注：藻草生在湖泊水底，绿叶蹿出水面。夏天，叶间绽开
淡绿、黄，白等色的花。

23

俳谐史上，
掉落牡丹一瓣。
注：此句是追悼俳人松本氏的逝世。因松本氏的人品、句
品均佳，作者把他比作白牡丹的一瓣。

24 子规病笃

滴滴泪水,
落在瓠瓜花蕊。

注:此句作于一九〇一年七月。瓠瓜,日本称夕颜,茎叶
有软毛,晚间开白花,翌晨即凋萎。子规院子里,有个作药用
的瓠瓜棚,故这么说。

秋

1

伸手一摸脸，
鼻子好凉哟。

注：句自然浅白，又稍带幽默感。这是虚子的另一种句式。

2

秋风吹拂凉，
眼中万物皆诗章。

3

雾里蓑衣人
乍现又乍隐。

4

来到百花园里，
巡视大风过后痕迹。

5

银河无踪影，
只有月亮和昴星。

6

秋空一片云，
悠闲漫步行。

7

大圆月，
印在门帘上。

8 悼山本村家

山阴道上，

今后月暗淡。

9 子规七七忌追悼句会

草上露，
三千人的泪珠。

10

虚子单身，
随银河西行去。

注：此句有向往西方净土的佛家思想。作者还有"寝中寂静，唯有银河流水声"的想象句。

11

浪里晁衡船，
天河腾翻。

注：此是怀古句。日本人晁衡从长安回国途中，在海上遇大风浪，辗转折回长安。李白有诗怀念他。

12

暮秋扬帆去，

犹念陆地情。

注：一九一八年十月为纪念亡兄逝世三周年，在回乡的途中所作。虽说客观写生，却是主观抒情句。

13

大地染何疾？
病叶尽飘零。

14

火星何灿烂，
蘑菇妖艳生。

注：原文"昼星"，依山本健吉作"火星"解，故照译。此句写秋空星光灿烂，而地下的蘑菇红黄妖艳，天上地下，不同色彩，形成鲜明对照。

15

他一言，我一语，
不觉秋已深。

注：写在宾主愉快交谈时，室外日已斜，落叶也飘舞了，这是寄喻人生到了秋深的时节。

16

客居须磨浦，
怀月又怀人。

注：须磨在神户西部南海岸。《源氏物语》的主人公光源氏曾被谪在此，这里的月亮照过历史上多少豪杰。虚子多年前陪送正冈子规到此地疗养，曾一起赏月，不禁引起追怀。

17

落叶飘下，接着
雪飘下，霰飘下。

注：此句写自然规律，也有人生飘忽之感。

18

稻草人向我搭话。

19

江中木桩上，
独坐钓鲨鱼。

20

鸽子胸挺挺，
登上落叶坡。

21

我家山茶树一棵，
鹩鸟探花当日课。

注：鹩系鸣禽类，形似画眉，善飞翔，飞时一上一下波状
地向前。

22

伫立此松下，
露之中。

注：在风早村西下家乡的屋子旁边，有一棵老松树，虚子
幼时常在松树下玩耍。隔了三十多年回乡再看时，老松依然耸
立，难免有所追怀。表示人在露中，从露又联想到泪，有点
感伤。

23

桐树日光照，
枝梢一叶飘。
注：写出天地幽玄的信息，一叶落而知秋。虚子名句之一。

24

大江两岸，
芦苇割掉了吗？

25

荷残柳败城池在。

冬

1

举目远山前，
薄日照荒原。

注：这是早期在虚子庵例会上作的俳句。冬天的日光令人
感到温暖。此句是作者喜爱的代表作之一。

2

携伞向前行，
枯野听雨声。

3

寒夜出当铺，
仰观岁暮月。

4

醒来冬夜半，
慧想起联翩。

5

寒灯下，
写两行删一行。

6

就在寒潮里，
河豚毒洗去。

7

在鸭群里，
单看着一只。

8

时已到深更，

水鸟屡发拍翅声。

注：写大静中小动的声音，稍显出幽玄感。

9

寒鸦鸣叫时，
跳踏着树枝。

10

大鹭抓萝卜，
五六根。

11

离离浦岛草，
霜中一夜即衰老。

后记：试译俳句的体会

I

要翻译日本的俳句，首先要理解俳句这短译体的特点，即它的精神与形式，因为要在很少的字句里，贮藏丰富的感情，深远的意境，故必要用暗示含蓄的手法，留给读者欣赏它的余情余韵。艺术性高的俳句，的确像从一枝出墙的红杏，可以联想到满园春色，又像满楼的风，联想到即将来临的山雨。钟敬文教授在拙译《日本古典俳句选》序文中说得更形象，认为"它像我们对经过焙干的茶叶一样，要用开水给它泡出来，这样，不但可从使它那蜷缩的叶子展开，色泽也恢复了，更重要的是它那香味也出来了"。读者如能这么去理会俳句，那才是懂得俳句的三昧。

同时，译者要对俳句深透理解，必须对作者的生平、思想感情和风格，作者的时代背景以及别人对该作者或作品的评论等等有关的各种问题理解得多些，进行翻译就会掌握得好些。

II

首先了解日语的特点、它同汉语的差异。日语是复音，汉语是单音，譬如"莺"字日语就"うぐひす"四个音，"樱"字就"さくら"三个音，所以，译十七音的俳句，如按五、七、五三行来译，而且要成为定式，势必添加原作所没有的字面，话说尽或说过头，画蛇添足，将会违反俳句短小而含蕴的特质。这只有那些不加点什么就难以传神的句子，才能被容许。如一句俳句里面，上五或下五，它与中七意思不连贯的，才不得不加点字面，如果译成五绝或五古，一句俳句变成一首汉诗，恐怕可能成为译者自己的作品了。我也曾以五、七、五三行试译过几首俳句，是按这自定的原则不外加什么来处理的。如：

猿を聞く人捨子に秋の風いかに
听得猿声悲，秋风又传弃儿啼，谁个最惨凄？

きじ啼くや草の武藏の八平氏
雉鸟声声啼，武藏野原深草地。想见八平氏。
（武藏八平氏，乃武威赫赫的豪族，也不过是一场繁华梦。）

也有的俳句，按原句的意思，只用七个字可以概括，不减去什么，在中国诗学的习惯看来，说这是断句，但如再加油加酱，便会觉得走味了。如：

六月や峯に雲置くめらし山
六月岚山云遮峰。

うぐひすの啼や師走の羅生門
莺啼岁暮罗生门。

木曾山江に沅れ入りけり天の川
银河倾泻木曾山。

春風にこほれて赤し齒磨粉
春风洒落牙粉红。
（表现子规肺病咳血，但没有悲伤情绪。）

此外，有的俳句，句子有略似双声的形式，我也照样译出，求得带点声美。如：

ほろほろと山吹ちるか瀧の音
棣棠落花簌簌，可是激湍漉漉？

还有的俳句，句中有略似叠句的形式，我也照样翻译，表现该俳句的加强语气。现引用一茶的句子作例。

春めくや藪ありて雪ありて雪

春意温和，竹林还有积雪，还有积雪。

亡き母や海見る度に見る度に

想念去世的母亲，当看到海时，看到海时。

雀の子そこのけそこのけ御馬が通る

小麻雀，躲开，躲开；马儿就要过来。

　　依我个人的看法，审察原俳句的风格，属于什么精神与体态，如用文言合适就用文言，如用白话合适就用白话，不固定用格律诗式，五言二行或七言二行（虽然这种形式，较适合汉诗读者的审美习惯），如固定下来，便使那些口语俳句，无法更好地传神，不如用长短句更自由些。如：

我と来て遊べや親のない雀

跟我来玩哟！没有亲娘的麻雀。

　　若以四言"孤雀毋哀，与我嬉来！"或作五言"孤雀毋心忧，偕我共嬉游"（钱稻孙所译句），稍做比较，容易看出还是用自由式的白话，更能够传达原作的精神。

　　还有像下面的俳句：

瘦蛙まけるな一茶是にあり

瘦青蛙，别输掉，这里有我一茶！

那是很难用文言的传统格律诗（不管五言或七言的两句）来活现这种神态。

这里，还要探讨一个原则性问题，就是译俳句，如何表现异国情调问题？异国情调总有它的内容和形式，要表现它，得通过译者的语言。在译法来说，已如上述，诗不宜逐字直译，应该是意译。至于用白话或用文言，主要是看哪一种能够把原作的格调、神韵表现出来。用白话、散文体是较自由些，但必须重视俳句的精炼含蕴的特质，不宜直露。日语俳句没有平仄押韵，但有它的句调美，因此译时，稍为押押韵，可以表现些音美。此外，俳句的感叹助词如セ、カナ之类，它们有调节句感的作用，为传神不能不加注意，应适当译出，不过，在一本俳句集里，这类的句法一多，将会使读者感觉雷同。

往昔汉诗对于日本有所影响，因为芜村他能作汉诗，他的俳句爱用汉语词汇，带有汉诗浓厚的味道。芭蕉也对李白杜甫的诗有研究，同样，他的俳句带有汉诗古典格调，所以用文言译（但不宜译得古奥）。在其他的俳句，有咏叹调的，就适当用口语来译。至于一茶的俳句，基本是日常的口语（如拟声拟态的口语），那就必须用白话来译。总之，还是按照他们各自的俳句不同风格来处理的。遗憾的是我还远不能达到和作者共鸣的程度。

最后我觉得译者和读者都有自己的审美习惯，将由于时代的演进和国际文学交流的开拓，自然也会发生变化，不能一如既往，墨守成规。至于汉俳以五、七、五的句法是为攀亲俳句的格调，从日本俳历看来，就觉得汉俳不免有点啰唆之感，因为每个字有它的意思，这是中日的文字差别所致。

以上个人的浅见，率直写出，恳请高明的读者指正。

一九八五年五月一日